U0954456

Marguerite Duras

玛格丽特 · 杜拉斯

(1914—1996)

法国小说家、剧作家、电影导演，本名玛格丽特 · 多纳迪厄，作品涵盖小说、随笔、剧本、电影等多种形式，以《情人》获得法国龚古尔文学奖，以《广岛之恋》和《印度之歌》等赢得国际声誉。早期作品形式古典，后逐渐打破传统叙事方式，并赋予心理分析的内涵，给艺术带来了革新。

Marguerite Duras

玛格丽特 · 杜拉斯

Yann Andréa Steiner

Marguerite Duras

扬·安德烈亚·斯泰奈

[法]玛格丽特·杜拉斯 著

王文融 译

上海译文出版社

首先，在此讲述的故事开始时，《印度之歌》在你生活的那座大城市的一家艺术实验影院放映了。你参加了放映后的一场讨论。然后我们和准备参加哲学教师资格会考的年轻人去了一间酒吧，你是他们中的一员。后来，很久以后，是你提醒我这间相当雅致和舒适的酒吧的存在，我那晚还喝了两杯威士忌。我呢，我丝毫记不得那些威士忌，记不得你和其他年轻的应试者，也记不得那个地点了。我记得，或不如说，我觉得你陪我去了我存车的电影院停车场。那时我还开我喜欢的 R. 16，那时我车开得还很快，即便在饮酒过量健康出了问题以后。你问我有没有情人。我说一个也没有了，这是实话。你问我夜里车速是多少。我说一百四。人人开 R. 16 都这样。非常爽。

这天晚上以后你开始给我写信。许多的信。有时一天一封。信很短，类似于短笺，是的，类似于从一个无法生存的、致命的、荒漠似的地方发出的呐喊。这呐喊带有显而易见的美。

我没有回复你。

我留着所有的信。

信纸上方有写信的地点、时间或天气：晴或者雨。或者天冷。或者：孤单。

有一次，你很长时间没写信来。也许一个月，我不清楚这段时间有多长了。

于是在你留下的虚空里，在没有信件、没有呐喊的情况下，轮到我给你写信了，我想知道你为何不再写信，为何戛然而止，为何停止写，好像猛然受到阻碍，比方死亡的阻碍。

我给你写了下面这封信：

扬·安德烈亚，今年夏天我遇见了一个你认识的人，让-皮埃尔·塞通，我们谈起了你，我没想到你们俩认识。《黑夜号轮船》之后，我在巴黎寓所房门下发现了你的便条。我试图打电话给你，但没找到你的电话号码。后来接到你一月份的信——我再次住院，记不得又生了什么病，人家告诉我是服用所谓抗抑郁的新药中了毒。总是那一套。这没什么，心脏没任何问题，我甚至不难过，我不过是什么东西走到了头而已。我依然喝酒，是的，冬天，晚上。多年来我叫朋友们周末别来，我一个人住在诺弗勒那幢能住十个人的房子里。一个人住十四个房间。对回声已经习以为常。有一次我写信告诉你，我刚完成了影片，名字叫《在荒芜的加尔各答他的威尼斯名字》，我已记不清楚对你讲了什么，大概是我喜欢这部电影，正如我喜欢几乎我所有的电影。你没有回这封信。后来你寄诗给我，我觉得其中有一些非常美，另外的差一些，而这，我不知如何对你说。就这些，对，就这些。你的信就是你的诗。你的信文辞优美，我觉得是我一辈子接到的最美的信，美得令人心痛。今天我很想和你谈谈。现在我开始康复了，但我在写作。在工作。我相信第二部《奥雷丽亚·斯泰奈》是为你写的。

这封信，我觉得，大概也不要求得到任何回音。我不过把我的近况告诉你。记得这是一封忧伤的、条理不清的信，在信中，我好像因为生活中遇到了不知什么麻烦，因为新近不期而至的新的孤独而心灰意冷。有很长时间我几乎记不得这封信了，甚至不能肯定是那个夏天，你闯入我生活的那个夏天写的。也不能肯定是在我住过的哪个地方写的。我不相信是在海边的那个地方，但我也记不清楚在哪个别的地方了。很久以后我才回想起信的周围我那间房的大小、黑色大理石壁炉和我正好面对的镜子。我问自己该不该把信寄给你。两年前，当你告诉我接到过我类似的信后，我才确信把它寄给你了。

我不记得是否重读过这封信。你常常跟我提起它。你被它震撼了。你说这封信很可怕，它谈到了我的全部生活，全部工作，但对我的生活未做任何表述。而且那种冷漠，那种心不在焉，令你心寒齿冷。你还告诉我，这封信的确是我从塔奥米纳寄给你的。不过是五天前在巴黎写的。

我这封长信，多年后我们把它遗失了。你说曾把它放在特鲁维尔寓所中央衣柜的一个抽屉里，后来，一定是我把它取了出来。但那天你并不知道在房里或其他地方发生了什么事。你正在蒙卡尼西各大旅馆的园子和酒吧里，寻找夏天聘用的布宜诺斯艾利斯和圣地亚哥的英俊男招待。而我呢，我迷失在《乌发碧眼》的性迷宫中。很久以后，当我在这本书里谈论你和我的故事时，我才在中央衣柜里找到这封大概从未离开过衣柜的信。

这封信寄出后过了两天，你往这儿，往黑岩旅馆打电话，告诉我你即将来看我。

你在电话中的声音有点变，好像因为害怕，受了惊吓似的。我没有听出来。这是……我不知怎么说，对，正是，这正是你打过电话后我杜撰的你信中的声音。

你说：我就来。

我问为什么来。

你说：为了相互了解。

在我生命的这一时刻，有人这样大老远来看我，是件了不得的事。我从未谈过，的确，从未谈过我生命中这一时刻的孤独。《劳儿之劫》后的孤独，《蓝月亮》《爱》《副领事》的孤独。这种孤独是我一生中最深沉也是最幸福的孤独。我对它的感受不是孤独，而是一生中至此尚未品尝过的决定性自由的机会。我在中央餐厅用餐——总吃一样的东西——白煮海螯虾和一块勃朗峰干酪。我不游泳。海里和城里一样人满为患。我的朋友亨利·夏特兰和塞尔日·德吕米耶来时，我晚上游泳。

你告诉我，打完这个电话后，你一连几天给我打电话，我都不在。后来我对你说过为什么不在，告诉你我的塔奥米纳之行，电影节，我要在那儿见一位非常亲密的朋友伯努瓦·雅科。但我很快会回来，回到海边，如你所知，这也是为了每周给《解放报》写八〇年夏专栏。

我又问你：来干什么？

你说：和你谈泰奥朵拉·卡茨。

我说我已经放弃了多年来我以为可以写成的关于泰奥朵拉·卡茨的书。为了我死亡的恒久长存，我把它藏在了一个犹太人的地点，一座对我而言神圣的坟墓，巨大、无底、禁止叛徒——背叛基本教义的那些半死不活的人——靠近的坟墓。

我问你什么时候到。你说：明天上午，大客车十点半到，我十一点到你家。

我在我房间的阳台上等你。你穿过黑岩的院子。

我忘记了《印度之歌》的那个男人。

你是个又高又瘦的布列塔尼人。我觉得你很优雅，非常含蓄的优雅，这一点你自己不知道，现在依然如此。你走着，不看豪华住宅的大楼。根本不朝我看。你带一把很大的木柄雨伞，好似中国的油布遮阳伞，八十年代的年轻人很少有人用了。你还有个很小的行李，一个黑布包。

你沿着篱笆穿过院子，朝大海的方向拐，没有抬眼望我，便消失在黑岩的大堂里。

这是上午十一点，七月初。

八〇年的夏天。有风有雨的夏天。格但斯

克[1]的夏天。哭泣孩子的夏天。年轻女辅导员的夏天。我们的故事发生的夏天。在此讲述的故事发生的夏天：八〇年第一个夏天的故事，非常年轻的扬·安德烈亚·斯泰奈与那个写书的、跟他一样在这大如欧洲的夏天形影相吊的老女人之间的故事。

我事先告诉了你如何找到我的套房，楼层，走廊，门。

你再也没有回到卡昂那座大都市。那是在八〇年七月。十二年前。自从我患病以来，我每年在这套房子里度半年假，你也一直住在这儿。这场病长达两年。深度昏迷。在我的病区的大夫们一致决定"了结我"的前几天，我睁开了眼睛。我四下张望。人，病房。他们都在——人家告诉我——我望着这些身着白大褂、一动不动的人，

---

① Gdansk，波兰波罗的海沿岸港口城市。一九八〇年该城造船厂发生劳工骚乱，导致团结工会的诞生。

他们带着几分疯狂，几分狂喜，默默地冲我微笑。我没有认出他们的脸，但我认出这是人的形态，而不是墙壁、器械的形态，是用眼睛看的人的形态。我闭上双眼，接着又睁开，为了再看见他们，眼里露出——据人家说——开心的笑意。

出现了片刻的寂静。

接着响起敲门声，然后是你的声音：是我，是扬。我没有回答。敲门声非常非常微弱，好像在你周围，在这旅馆和城里，在海滩和海上，在夏日清晨靠海的旅馆所有的房间里，人人都在睡觉。

我又一次没有立即打开门。我还在等。你又说了一遍：是我，扬。嗓音同样柔和，同样平静。我仍在等。不出任何声音。十年来，我生活在极其严酷的、近乎修行的孤独中，跟我在一起的有安娜-玛丽·斯特雷特和法国驻拉合尔的副领事，还有她，恒河女王，茶之路上的女乞丐，我童年的女王。

我开了门。

要了解一个故事，非得等它写出来之后。等促使作者写它的状况消失之后。尤其在书中他的过去，他的身体，你的面孔，你的嗓音变了样儿之后，它变得无法挽回、不可避免之后，我还想说：它游离于书之外，被远远带走，与它的作者分开，作者永远失去它之后。

接着门在你和我的身后关上。一个又高又瘦的新来者的身后。

接着有了声音。柔和得令人难以置信的声音。冷淡。庄严。这是你信中的声音。我生命的声音。

我们谈了好几个小时。

一直谈书。一直，好几个小时。你提到罗兰·巴特。我告诉你我对他的看法。我对你说，我可以一下子拿出罗兰·巴特所有的书，去换缅甸森林里我的茶之路、红太阳以及恒河穷女人死去的孩子。这你已经知道。我还对你说，他的书我根本读不下去，对我而言，罗兰·巴特写的是假话，他正是因为讲假话才死的。后来我告诉你，有一天，在我家里，罗兰·巴特客气地劝我“回到”早期小说的类型，“那样简练，那样迷人”，如《抵挡太平洋的堤坝》《塔尔奎尼亚的小马》《直布罗陀水手》。我笑了。你说咱们将再也不谈这个话题。我猜想这位杰出作者的书你已经读腻了。

我们还谈了——就像一直做的那样——写作这件大事。谈了各种各样的书。

你开始谈论书的时候，在专注的目光和清醒缜密的推理后面，有种紧迫感令我惊讶；你无法缓解它，仿佛突然间你必须加快速度，才能告诉我你决定告诉我的一切，和你决定不说的一切。在显而易见的事，可怕的、一目了然的事突现之前，在你做出认识我，然后自杀的决定之前，你想告诉我的一切。

很快你就只对我讲这些了。

很久以后你旧事重提，你告诉我，是的，这一定是真的，尽管语焉不详，你补了一句：从另一种方式看，对你也是真的。你没有说出那个字眼，后来我才明白，你大概在心里也绝口不提那个字眼，那个在你的微笑中透露出来的字眼：写作。

到了晚上，我对你说：你可以留下来，住我儿子的房间，房间面向大海，床已经铺好了。

如果你想洗个澡，这也可以。

你愿意出去走走也行。

比方你可以去买只冷童子鸡、一罐栗子泥、拌着吃的鲜奶油、一些水果、干酪和面包。我生活简单，每天就吃这些东西。我还对你说，你可以为自己买瓶酒。有些日子我酒喝得少。我们俩都笑了。

你刚出门就回来了。钱，你说，乘了大客车，我一分钱也没有了，我忘了。

你像孩子似的吃得津津有味，我还不知道你一向如此。

很久以后你对我说，你离开餐桌时肚子还是饿。虽然你没有察觉到，你把整整一罐栗子泥和鲜奶油都吃光了。

也许从这天晚上起，我又开始喝酒了。我俩喝了你在澡堂街买的两小瓶罗讷山坡葡萄酒。这酒变了味，很难喝。我们喝了澡堂街的这两小瓶葡萄酒。

第一天晚上你睡在面朝大海的房间里。这房间里没有任何动静，跟我独自住的时候一样。经历了那么多日日月月，或许很沉重的年月，面对前程的乏味而悲惨的年月，还有孤独地承受青春期欲望的长期磨难的年月，你想必已经疲惫至极。

到的第二天你发现了大浴室的浴缸。你说你从未见过这样的浴缸，巨型的，“历史性的”浴缸。此后，每天早上，你一起床就在浴缸里泡一小时，我跟你说过，你在里面想待多久就待多久，我呢，我总洗淋浴，因为浴缸令我害怕，可能因为我来自热带丛林地区，那儿的职务公房里没有浴缸。

你的声音。柔和得令人难以置信，冷淡，令人生畏，好像勉强发出来，几乎听不见，好像总有点心不在焉，与讲的话分开，毫不相干。十二年后的今天，我仍听见你当年的声音。它流入了我的身体。它没有形象。它谈区区小事。它也默不作声。

我们交谈，你谈到黑岩旅馆的美。

然后你沉默不语，仿佛在琢磨如何对我说你要对我说的事。你听不见伴随夜而来的愈来愈大的静谧，它那样深沉，我忍不住到阳台去看看。汽车不时从黑岩前经过，驶往翁弗勒尔或勒阿弗尔。和每一夜一样，勒阿弗尔过节似的灯火通明，城市上空，不见星辰，天空与圣阿德雷斯的灯塔之间，一列黑色的邮轮和往常一样开向法国和南欧的各个港口。

你站了起来。你隔着窗玻璃望我。你总是这副心不在焉的样子。

我回到了房间。

你又面对我坐下，你说：

“你永远不写泰奥朵拉的故事了？”

我说写还是不写，对此我一直毫无把握。

你没有回答。

我说：

“你爱泰奥朵拉。”

你没有笑，喘了口气说：

“泰奥朵拉是我对你不了解的部分，那时我很小。剩下的部分，我全知道。我等你写她的故事等了三年。”

我说：

“我不清楚为什么我写不了泰奥朵拉的故事。”

我补充道：

“也许太难，这没法知道。”

你的眼里噙满泪水。

你说：

“别告诉我任何你知道的关于她的事。”

接着你说：

“我对泰奥朵拉的了解，仅限于《外面的世界》最后那几页。”

“也就是说，你已经知道她是如何与那个情人做爱的。”

“对。我知道，当流放犯疲惫不堪地从纳粹德国北部的集中营回来时，他们的妻子正是这样与丈夫交欢的。”

我说可能我永远写不完泰奥朵拉那本书，这几乎是肯定的。这种事我这辈子只遇到过一次。我能做的，仅仅是挽救被弃手稿的这一段落。这本书我一写就会立即离题，去写我从未决定写的其他书。

后来你去了阳台，一直走到临海的栏杆处。我没有再听到你的声音。

皓月当空，天色深蓝，我们上床睡觉。次日我们做了爱。

你来我的房间找我。我们没说一句话。滋养我们的是泰奥朵拉·卡茨孩童般的躯体，那残疾的躯体，她的清亮的目光，负责集中营秩序的德国兵开枪击中她的脖颈前呼唤妈妈的喊声。事后你说我的躯体年轻得令人难以置信。我不敢把这句话公开。但我没有不公开它的力量。我还写了些我不懂的事。我把这些留在我的书里，再读一遍，它们就有了含义。我说人家一直对我讲这句话，甚至《中国北方的情人》，那时我十四岁，甚至还不到，我们笑了。没有讲话，没有亲吻，欲望重新燃起。做爱后你跟我提起泰奥朵拉·卡茨。提起这几个字：泰奥朵拉·卡茨。即便名字，你说，也令人震惊。

你问我：

“为什么突然变得难写了？”

我说：

“不知道，我只知道困难可能来自别人对我讲的话，就是泰奥朵拉·卡茨被流放的时期还没有焚尸炉。尸体就在埋尸坑的土里腐烂。后来，在一九四二年最终解决之后，才有了焚尸炉。”

你问是否正因为如此我才不管泰奥朵拉·卡茨的结局。

我说：

“也许吧，既然她早已死去，并被众人遗忘，甚至可能还有我。她当年那样年轻，二十三岁，至多二十五岁。

“而且她一定身有残疾，但不严重，左脚有点跛，我好像记得。”

你问：

“德国人忘了吗？”

“是的。不然，单单知道自己是德国人，无可救药的德国人，他们就活不下去了。”

“你希望如此？”

“是的。战争结束三年后，时间才又流动起来。首先对他们德国人——一向如此——然后再对其他国家的人。但绝不对他们，犹太人。”

你要求我再跟你谈谈泰奥朵拉·卡茨，即使你对她知之甚少。

于是，那天晚上，我跟你谈了泰奥朵拉·卡茨，我以为是泰奥朵拉·卡茨的那个女人，依然活着的她，但在战后，战争结束后的那一年。我告诉你她住的旅馆在瑞士，泰奥朵拉·卡茨去世前最后住的正是河谷旅馆。在纳粹集中营里找到的奄奄一息的孩子们遣返后，也被送进了这家瑞士旅馆——一座带水池和浴女雕像的方形建筑物。这些来历不明的孩子整天大呼小叫，又吃又笑，使这家旅馆，这个幸存孩子们待的地方简直没法住。不过，似乎泰奥朵拉·卡茨正是在河谷旅馆真正感到了幸福。

你带着我未曾见过的温柔问道：

“是些孤儿？”

我无法回答你。你呢，你又问：

“犹太人？”

我说恐怕是。我还说再也不该以偏概全，永远不该。不过我仍然哭了，因为我总和犹太孩子们在一起。我说：是的，犹太人。

我跟你讲，在这家瑞士旅馆里，孩子们，他们偷食物、面包、点心，并且藏起来。他们什么都藏。他们脱得一丝不挂，往水里扎。水，他们喜欢得要命。人们望着他们。在旅馆里无其他事可干。他们在这个水泥池子里把自己弄伤，但他们快乐无比，没有觉得受伤。有时水池的水被他们的血染成粉红色，于是便换水。人们无法禁止他们做任何事。任何事。

我们想摸摸他们的脸时，他们就搔我们，朝我们吐口水。

他们当中有很多人忘记了自己的母语、名字、姓氏、父母。他们发出各种不同的叫声，但彼此能够理解。据这家旅馆的人说，那个时期，他们都来自波兰，如一个地区般庞大的维尔纳[1]犹太人大聚集区。

“因为这些孩子，泰奥朵拉从这家旅馆逃走，以便能继续活下去。”

我曾说过，她逃离这家旅馆是可能的，但是我，我不相信。

我说泰奥朵拉取决于我。我一认识她，她便取决于我，即便我很少写她。

我说我觉得这也取决于时刻。夜里我相信已经见过她，泰奥朵拉。有些日子我以为是战前在巴黎与她结识的。早上我什么都不知道了。早上我相信我从来没有见过泰奥朵拉·卡茨。无论何时何地。

“泰奥朵拉这个名字是你杜撰的。”

“是的。这个年轻女子的一切都是我杜撰的：眼睛的绿颜色、体态的美、她的嗓音，因为我知道她中过毒气。有人对我第一次说出这个名

---

① Vilna，今立陶宛首都维尔纽斯。

字时我便认出了它。它只能是我杜撰的。我杜撰了名字，或许是为了得以谈论被德国人谋杀的犹太人。一个躯体没有任何名字，这毫无用处。”

你说：

“应该说：纳粹。”

我说我从来不用纳粹来指德国人。我将继续这样说：德国人。我相信某些德国人永远摆脱不了他们的屠杀，他们的毒气室，他们弄死的所有犹太新生儿，他们在犹太青少年身上进行的外科实验。永远摆脱不了。

她住在大学街或附近的一个小房间里……她十分孤单。面容娇艳如花。她也是贝蒂·费尔南代斯的朋友，德国人一到，后者便把这间房借给了她。

我记忆犹新的是泰奥朵拉·卡茨发疯似的想学习法语，直至能用这种语言写作。

我哭了。我们停止交谈。夜将尽。谈完孩子

后我们躲到了床上，我在床上哭。你说：

“别哭了。”

我说我根本止不住这些泪水。哭泣变成了我的一项义务，生活中的一种需要。我，我可以用我整个的身体、我全部的生命来哭，我知道，这是我的运气。对我而言，写和哭是一样的。不成体统才写得出快乐的书。丧事应该办得仿佛它本身便是一种文明，对死亡的全部记忆的文明，这死亡是人宣判的，不论性质如何，是受惩罚而死，抑或因战争而死。

你问我：

“应该如何处置法国的纳粹呢？”

“跟你一样，我不知道。把他们杀了。听我说，如果听任法国人和德国纳粹一样随便杀人，法国人也会变成杀人凶手。让那些人活着是法国的耻辱。没有大开杀戒，我们至今仍耿耿于怀。”

我投入你的怀抱，两个人一起哭。有时候笑笑，为哭泣感到不好意思。接着泪水又往下淌，我们又笑自己对此无能为力。

你说：

“你没见过泰奥朵拉。”

“我见过，但如同见过街头走过的大美人，或者女电影演员、女话剧演员，所有这一类的女子。出名的女子，不论美不美，但名气大，招人议论。是的，她独自移民到各地。有很多年，人们处处见到她，泰奥朵拉·卡茨。”

“有个人知道她……”

“是的。贝蒂·费尔南代斯听说过。一九四二年，有人每天早上在德国的一个车站见到她，一个运送犹太人的编组站。在那儿发现了一些很美的画，和泰奥朵拉这个人。她被送到这个车站一定是送错了，被流放的犹太人从来不在这儿上车去奥斯威辛。听说她一个人和站长在一起。还听说泰奥朵拉下火车时也许自己下错了站。也许有个德国人看她面庞如此温柔美丽，看她青春年少，便告诉她应该在此下车，这样或许可以救她一命。她拿起手提箱下了车，没提任何问题。她一定非常坚决地要乘坐这列火车，身着那件洁白的连衣裙，她那样美，那样优雅，因此没有任何人，任何铁路职员向她要票。炭笔画画的总是同一个年轻女子，总穿着同样的白色衣裳，坐在花园一角同一棵树下，一张始终面对编组站的白色扶手椅里。这些画没有存放在火车站的同一个地点。院子的地上有。到处都有。听说：地上尤其多。人们猜想战后有人住在火车站，他们遭到了抢劫。总是同样的画，画中人酷似泰奥朵拉·卡茨：她总穿白衣裳，一身英国女子的打扮，着白衣，戴帽子，化淡妆，戴一顶草帽，坐在同一棵树下的帆布椅里，面对一盘普通的早餐。她久久地待在那儿，泰奥朵拉。她起得早，总在同一时间淋浴，穿好衣服，去花园用早餐，以便随后乘这列火车，它总有一次会把她带离那儿，带离德国。火车站守卫每天给她送来美味的食物。他说每天他也在等这趟火车，他们从来没有耽误过。每天，每个早上，他们等着同一列火车，犹太人的火车。每天，每一列火车经过后，她都说现在那趟车一定过去了，不可能等到了。对这列定时驶过的火车，我思考了很久。我相信也想过，对泰奥朵拉·卡茨而言，这列火车是她的希望之车，断头而死之车，以活生生的血肉供养奥斯威辛之车。

她一辈子很少讲话，泰奥朵拉，像某些英国女子，她觉得话语喧闹，骗人，她呢，她选择了写作的寂静。

你问火车站位于德国哪个地区。她，她相信在克拉科夫以南，朝南边国界的方向。在那些被诅咒的地区。她原籍英国，但在比利时长大。她不熟悉欧洲地理，跟许多英国人一样，只喜欢伦敦、巴黎和海湾国家。

你问我那个守卫火车站的人是否在她睡着时去造访她。我相信我写过这件事，是的，在她睡着的时候。我不能肯定此人就是战争期间她住了两年的那个火车站的站长。为什么不是呢？或许他们相爱了，这点我想过，甚至想过后来她正是为情而死的。

我说我没有想方设法去打听，关于泰奥朵拉，我没有问过任何这样的问题，但我相信他们成为情人并非不可能。

你问我作何感想。我对你说，我从未问过那男人的姓名，也从未问过画上那位年轻白衣女子的姓名。我说我一听到这个故事，就讲出泰奥朵拉·卡茨这个自然听见过的名字。临了，几年后，我身边的人都这样称呼那位迷失在死亡欧洲的白衣女子了。

我对你说，我知道自己见过泰奥朵拉，但我只记得贝蒂·费尔南代斯，我对她十分熟悉，我告诉过你，她是年轻的泰奥朵拉·卡茨的朋友。我知道贝蒂·费尔南代斯非常爱她，并且欣赏她。

我从未忘记这个名字，这个时期，这衣裙的白色，这天真的对死亡列车或爱的列车——人们当时不清楚，也一直没搞清楚——的等待。

你说即便我不认识泰奥朵拉，从未接近过她，也应该告诉你我以为她可能有的遭遇。

我相信，依我的想法，她在战争结束前回到了英国。她先就职于伦敦一家很有名的文学杂志社，随后嫁给了英国作家G. O.。她不快活。我对她的了解，主要在她与作家G. O. 结婚之后，这位英国作家享誉全球，我对他极为钦佩。她呢，她从未深爱过他，无论作为作家，还是作为男人。

你问我泰奥朵拉在伦敦什么样。我说她长胖了。她不再与丈夫做爱，她再也不愿意做，绝不，她说：宁可死。

你说：

“这个伦敦女子，是德国火车站的那个女子吗？”

“我从未求证过。我能说的就这些。不过，我认为这并非不可能。她总算是个人物，即便死了，也会有个归宿，被英国或其他地方的一个家庭讨回去。可是不。没人讨要泰奥朵拉·卡茨的遗体。”

“可有一次她从这个火车站走了。”

“是的。除非在纳粹德国失败后，有些人在火车站发现了她，并且把她丢在了那儿，那个火车站，就像他们在成千上万的‘政治犯’集中营做的那样。对她的情人，人们一无所知。一无所知。她在这同一个火车站待过。我依然看见她，身着当天熨过的白色套装，而这一天布满她的血迹。”

我相信，正是这白色使人们永远没有忘记她。正是这衣裙的白色，和她对衣裙过分的、异乎寻常的关注，听说过她的人才永远没有忘记她，以及那些同为白色的布制鸭舌帽、她的布便鞋、所有那些东西、她的手套。她的故事传遍全欧。人们一直半信半疑，始终不清楚她是个什么样的人，为什么在那儿，在那个火车站待了两年。

是的，正是这衣裙、这夏季套装的白色使她的故事传遍全球：一位身着洁白的衣裳、很有英国女子风度的妇人，等着焚尸炉火车。

对全世界而言，这白色的端庄形象占了上

风。对其他人来说，笑声压倒了一切。

“是的，也许她根本没有故事。”

“也许如此。说不定她疯了，一种潜伏的、温和的癫狂，剥夺了她看、知、理解的意愿。也许她，她的身心，患了正常状态下的精神病。至于我，我尽量使车站的现象重现。它重现了。”

你问我她是否死了。我说是。车站的礼仪重现了。由于身患癌症，她瘦了许多。她不愿意把不利于她的一面呈现于人，破坏她的清丽的形象。于是她在她住的医院附近的一家大旅馆里开了一间房，求人把她抬了去。她让人给她穿上她最漂亮的连衣裙，并且涂了脂粉。她的朋友们在那儿见了她最后一面，她栩栩如生的遗容。

下雨了。

雨落在海里。

落在森林里，落在空旷的海滩上。

夜里开始下雨。轻盈的细雨。

夏天的太阳伞还没有支上。夏令营，是公顷大的沙滩上的唯一活动。今年他们年纪小，非常小，我觉得。辅导员们不时放他们到海滩上。免得自己受不了。

他们来了。

他们大叫大嚷。

他们喜欢下雨。

大海。

他们叫得越来越响。

过了一个钟头，待在外面没有用了，于是把他们送进帐篷，给他们换衣裳，搓背，以防感冒，他们喜欢这样，又笑又叫。

人们叫他们唱《被砍倒的月桂树》。他们唱了，但声音不齐。他们总是这样。他们最愿意听人讲故事。随便什么，只要讲就行。唱歌，他们不乐意。

除了一个。四处张望的一个。

孩子。灰眼睛的孩子。他是和别的孩子一起来的。

人家问他：你不跑着玩？

他摇摇头：不。这孩子总不开口，几个小时不说话。

人家问他：你干吗哭？

他不回答。他不知道。

真希望一切都带有这哭泣孩子的魅力。这孩子注视大海时大海的魅力。

他在这儿不快活吗？他不回答，做了一个不知何意的手势，好像稍感厌烦的手势，然后他会为此道歉，没什么，你瞧……没什么。

突然，人们看见了。

人们看见大海的壮美在这儿，也在注视它的孩子的眼睛里。

孩子，他四处张望。他注视一切，大海、海滩、空茫。他有一双灰色的眼睛。灰色。如同风暴、石头、北方的天空、大海、物质和生活内在的智慧。灰色如思想。时间。过去和未来混为一体的世纪。灰色。

孩子知道海滩上有个人看管他吗？一位眼睛既忧伤又笑眯眯的褐发姑娘？人们不清楚。她叫约翰娜。

有一次人们好像觉得他朝她转过身来。不对，他朝自己身后望，风从身后刮来，风力很大，这风，一阵阵的，风力那样大，好像变了方向，从森林，从不知哪个陌生的地方刮来，离开了海洋上方的天空，去另一个时代的陌生之地。

是的，他注视的正是风。在海上逃遁的风，在海的上方飞扬的整整一片海滩的风。

看管他的人就是她，这位让娜，夏令营的一位辅导员，很年轻，爱笑。她问他：你总在想什么？他说不知道。她说她也一样，从来不知道。于是轮到他望着她了。

今天，没有一丝云彩的空中有只好像中国做的风筝，我不大清楚，但我似乎认出了中国漆的红色，中国北方的红色。

孩子在，他也望着风筝，空中的红色图案。他稍稍离开众人，这一定不是故意的，他大概总是这样。如同他虽不情愿却会落在其他孩子后面。

风筝掉下来死了，孩子望着，然后坐在沙子上望着死去的风筝。

海鸥也在，面对大海，被风梳理着羽毛。它们栖息在沙上，窥视着雨变换方向。突然它们叫起来，震耳欲聋，令人害怕。接着，毫无理由的，它们朝海面逃遁，再突然转回来。疯疯癫癫的，海鸥，孩子们，他们说。

孩子们爬上山冈去食堂。海滩慢慢空了，夏季每天的这个时候都如此，这是夏令营孩子们午餐的时间。女辅导员们叫他们。那个孩子站了起来等让娜。他牵着她的手，跟在她后面。

夏季有一天将结束。你有时会记起阳光普照的海滩边滚滚而来的透明波涛。时而夏日散布得无边无际，那样强烈，那样刺目，抑或晦暗无光，有时又明亮耀眼，比方你不在这儿，我孑然一身的时候。

我永远不会知道，那孩子有一天是否会知道在这海滩上有个人老望着他。他已朝我转过身来，但只是为了看那成群结队的风筝。或者风。或者海鸥。他注视的是那位年轻的女辅导员，他知道她是夏令营行政部门指派给他的。

这是我第一次看见孩子的身体离我这样近。他是个瘦高的孩子，对他的年龄来说也许高了点。六岁，他说。

第二只风筝疯了似的朝大海飘去，然后落进了风的罗网。孩子跑过去抓它，但风筝掉下来死了。孩子停下脚步，望着死去的风筝。然后走开了。

这时从豪华住宅又传来《诺尔玛》的曲调。远远的，卡拉斯仍与孩子一起为死去的风筝哭泣。

在恶劣的天气中间出了一小时的太阳，海滩突然被温和的空气包裹。风停了。孩子们被告知可以去游泳，雨后的海水是热的。

女辅导员没有跟在他后面，也不再望他一眼。她不用望就看得见他。他脱下毛料上衣，仿佛他独自生活似的，他走过去把上衣放到她身边，和其他孩子一起朝大海走去。他没有提这第二只风筝的死。

很快，他又回到海滩，年轻女辅导员的身边。

孩子穿着白汗衫。很瘦。躯体看得分明。他长得太高，好像是玻璃，窗玻璃做的，已经看得出今后会长成什么样。

看得出，他比例匀称，关节突出，肌肉长度适中。看得出，韧带、骨骼、脖颈、大腿和手出奇的脆弱。

而且，头的姿势好像一个射出点，一座灯塔，一朵花的末端。

就这样：突然间夜里热起来。接着白天也热了。

夏令营的小孩子们在蓝色和白色的帐篷里午睡。

那个一声不响的孩子闭着双眼，跟其他孩子没有任何不同。

年轻的女辅导员来到他身边。他睁开了眼睛。你睡着了吗？他不回答，总带着歉意的微笑。你不知道什么时候睡着的？他依然微笑，说他不大清楚。

你几岁？六岁半，他说。女辅导员双唇抖动。我可以亲你一下吗？他笑了，可以。她把他搂在怀里，亲吻他的头发、眼睛。她松了胳膊，嘴唇离开孩子的身体。眼里噙满了泪。孩子也看见了。他习惯了，这孩子，他知道，有时候注视他的人会哭。他习惯了，这孩子。于是他谈起最近几天，说他怀念刮大风、起大浪、下雨的日子。

“这些会回来吗？”他问道。

“这些总回来。”女辅导员说。

“天天？”孩子问。

“不知道。”女辅导员说。

有时，我看见你却不认识你，不认识，一点都不认识，我看见你远离这片海滩，在别处，远远的，有时在国外。你在的时候，对你的回忆已经存在，但我已认不出你的手。好像你的手，我从来没有见过。或许还剩下你的眼睛。和你的笑声。还有那潜藏的微笑，时时准备浮现在你那极其天真的脸上。

风和日丽，我到外面去看看。事情大概就在这时发生了。我给你写了信，仅仅为了告诉你，就在这天早上，我对你说，也许不知不觉的，我爱上了你。你站在我面前听我讲。我还对你说，这天早上一过，告诉你我爱你，永远爱你，对我而言就太迟了。太迟了。在北方海滩的这座宫殿里，在有风有雨的正午的天空下，对你说这些话的如此强烈的需要，以后再也不会有了。

接着，太阳又露了脸，放射出生硬的绿光。天气变冷了。

次日。上午。

海鸥又飞到沙滩上，待在孩子和年轻女辅导员的身边。

孩子的眼里又露出对生活的些许恐惧。

突然间，不知为什么，全体海鸥乘着风，一齐朝海面飞去，纯白如鸽的羽毛被风梳理得平整光滑。

然后，远远的在海上，它们绕了一个大弯子，又齐刷刷地飞回海滩。但这一次，它们在阵阵狂风中登陆，这一次破破烂烂，好像被撕成了碎片，乱叫乱嚷，发了狂似的，庸俗，傲慢，和人一样。于是孩子笑了。年轻的女辅导员也笑了。

孩子边笑边看，发现海鸥飞回沙地的动作多么缓慢。他的眼里仍有那份担忧，怕它们回不来，怕它们淹死。但它们回来了。它们到了。昏头昏脑，精疲力竭。但活着。疯疯癫癫的，它们，这些海鸥，女辅导员，她说。孩子呢，他笑了。

后来，海鸥，它们先休息，然后用黄色的喙梳理羽毛，接着又像狗，像马似的叫起来，让人直捂耳朵。它们监视天空，尤其始终如一地监视唯独它们辨识得出的雨的转向。已经可以看出沙子在抖动，血红色的沙蚕开始朝天光攀登。

孩子望着海鸥吞食血红色的长蠕虫。他冲它们微笑。有时一只海鸥吃虫时噎住了，孩子便笑了。

是的。有一天这会发生，有一天你将对被你形容为“难以忍受”的那件事感到万分悔恨，就是你和我在八〇年风雨之夏企图做的事。

有时在海边。当夜幕降临，海滩上的人渐渐散尽时。儿童夏令营撤离了之后。在整片沙滩上突然有个声音吼道：卡普里，这结束了。这是我们的初恋之城，但现在结束了。结束了。

骤然这变得可怕。可怕。每次都可怕得令人哭泣，逃跑，死掉，因为卡普里与大地一起转向了爱的遗忘。

天不再放晴，整日下雨，除了夜里，黑黢黢的天空下，云彩仍把夜色照亮。一些人走了。出租屋无人住了。但女辅导员们和夏令营还在。孩子们待在用大石头固定住的蓝色帐篷里。人们还在里面唱歌，讲故事。最后也不知道讲了什么，但孩子们在听。即使用汉语讲，用爪哇语、美国英语讲，他们也会听。要想让他们疯笑，就唱汉语歌。于是他们笑得前仰后合，笑得喊起来，然后他们齐声用“汉语”唱，年轻的女辅导员们和孩子们一样，也笑得喊起来。

住别墅、有汽车的家长带着孩子来，看看这儿发生了什么事，竟笑得如此欢畅。他们跟着笑，和一文不名的孩子们一起唱歌。

人们回家了。咖啡馆的露天座空了，被雨点打着。街道上空空荡荡。执意留下的人在空车库里玩滚球，或在旅馆的大堂里打桥牌。赌场日夜营业。超市里挤满了人。咖啡馆关门待客，拒绝向拖家带口的人供应咖啡。价钱太便宜了。他们说大咖啡壶坏了，要渗滤那么多咖啡，他们说的倒是实话，雨天他们只供应酒精饮料。如有孩子来，那就简单了，他们干脆不开门。

夏令营离开了海滩。雨下得太大时，就把孩子们关在营地，山冈上的那些大宿舍里。

从那儿，从那些建筑物里，孩子们可以看见眼前伸展着的辽阔的海滩。远处，孩子们还可以看到其他的海滩，埃讷克维尔的海滩，尤其是山脚下，俯瞰大海的悬崖崩塌后留下的石块。这一望无际的空洞布满滑到黏土里的巨大的黑色岩石。女辅导员们说，此事距今有几个世纪，或者几夜。

你问我：

“我们在哪儿？”

“我说过：在沙塔拉。”

“沙塔拉后面呢？”

我说，在沙塔拉后面还是沙塔拉。就是那儿。因为爱之城位于那儿。

再后面是维莱维尔的海滩，女辅导员说，阿加塔海滩。之后是派纳德皮，阿尔伯公爵们的黑色木桩。在喇叭形河口湾之后，塞纳河离开陆地注入大海。剩下的是非洲木材港的遗址，鳗鱼和鲤鱼漫游的泥塘，以及幼兔出没的荆棘丛。然后是面朝塞纳河、已毁的红砖玻璃窗德国工场，和巴黎的工场一模一样。在我的一本书里，你对着它哭泣，站在闪着蒙尘的窗玻璃钻石般光彩的红色地面上——面对这条河，它以光的速度，如千匹脱缰的野马，猛地冲向大洋。

后面，再后面，是位于韦尼埃沼泽冲积地的基尔伯夫，我和你在那儿第一次，也是最后一次与埃米莉·L见了面。

孩子们留在了市政府划拨给夏令营的驻地。它在黑岩豪华住宅上方的山上。由于天冷，由于令孩子们感冒的雨天寒气，人们给他们穿上了毛衣。然后领着他们唱歌。他们唱了，但时间不长。许多孩子躺在了地上，然后睡着了，没人管他们。许多女辅导员和孩子们一样，也躺在地上睡着了。

你明白，这个，对一个幼时什么都想要，什么都想同时要的人，是无法抗拒的。撕书，烧书。担心书籍消失。你当时知道那本书已存在。你对我说：你以为你在做什么？这是什么意思？活着就是整天一刻不停地写？你将被所有的人抛弃，因为你疯了，叫人吃不消。一个蠢女人……你甚至看不出每张桌子上都摆满了你的草稿，一叠一叠的……

偶尔我们一起笑你的狂怒。爆笑。偶尔你也怕我把书扔进海里，或把它烧掉。有时候你沿着不同的路线，一站站欣赏山上各大饭店、被列为世上最奢侈饭店的那些不可言喻的酒吧间男招待，清晨五点才回来。看过这些妙不可言的人后回家，你很高兴。经常你回来时我已睡了。我听见你去大房间查看手稿是否还在桌上，然后去厨房看看盒里还有没有咖啡和面包，有没有黄油和咖啡！

我不再同你讲话，只在幸福中向你道一声早安。把你一个人丢下。给你买牛排。只在早上看见你头发蓬松地从屋里出来去找杯黑咖啡喝，那副管理人和视察员的神气让我笑出眼泪。

你很可怕。我常常怕你。我们周围的人为我担心。我觉得你越来越有诚意，但对我而言这太晚了，我再也无法阻拦你。正如我从来无法不怕你。你不善于消除被你杀死的担忧。我的女友和熟人都对你的温柔着了迷。你是我最好的名片。你的温柔，它把我带向死亡，你一定毫无意识地渴望给我的死亡。每夜。

有时候，你一觉醒来我就害怕。每天，哪怕仅仅几秒钟，你和所有男人一样，变成女人的杀手。这每天都可能发生。有时候你令人害怕，像一个迷路的猎人，一名在逃的杀人犯。为此，我周围的人有时为我担心。我呢，我改不了，我怕你。每天，在你不注意的某些短暂的时刻，我怕你投向我的目光。

有时候单单你的目光就令我害怕。有时候我好像从来没有见过你。我不再知道你来此地寻找什么，在这个面向广大公众的海水浴疗养地，在这个致命的、人满为患的季节。在此地你比在你的省会更加寂寞。

也许为了能够把你杀死，把你赶走，我不知道，有时我觉得从来没有见过你。不了解你，直到惊恐不安的地步。不再明白你为何在这儿，到这儿来寻求什么，今后有何打算。未来是我们唯一不触及的话题。

你也一样，你大概不再清楚来这儿做什么，在这个已上了年纪的、为写作而疯狂的女人家里。

或许这一如往常，到处都一样，这没什么，你来仅仅是因为你当时感到绝望，正如你在活着的每一天都感到绝望，某些夏天，白昼或夜间的某些时刻，比方当每晚太阳离开天空，沉入大海之际，你，你总情不自禁地想死。这，我知道。

我看出我们俩迷失在同样的天性里。有时我会对我们这类人充满柔情。朝三暮四，人家说，有点疯癫。“一些不再看电影、看戏、参加招待会的人”。左翼人士，瞧，他们就是如此，他们不会生活了。戛纳，这令他们厌恶，还有摩洛哥大旅馆。电影，还有戏剧，全一样。

又起风了。天空再度变黑。

大海一望无际，又成为茫茫一片的雨。

孩子站在墙前面的挡雨披檐下。他注视着海，没有拿堆积在海滩上的小石子玩。他把石子紧紧攥在手里。他穿了一件红衣裳。年轻的女辅导员在他身边。她望着他，望望雨，又望望他，这孩子。孩子的眼睛比平时更亮，更大，也更吓人，因为可看的东西广阔得令人失明。

这天过后不久，有一次，我记得，女辅导员走进一顶白色大帐篷。她开始讲大海和一个孩子的故事。所有的孩子都望着大海。

从前，年轻的女辅导员说，从前有个名叫大卫的小男孩。他和父母乘一艘游艇，希斯泰姆海军上将号环游世界。

有一天，海上起了风暴。

惊涛骇浪之中，希斯泰姆海军上将号连同人员和财产一起沉入海底，除了他，这个小大卫。想不到一条鲨鱼正好经过，它对小男孩说，喂！小孩，骑到我背上来。于是他俩双双在大海上巡游。

“哦！啊！”孩子们说。

年轻的女辅导员停了一下，然后接着讲：

鲨鱼很快游出了海面，女辅导员说。

接着，她住了口，睡着了。他们叫起来。她又开始讲。

女辅导员讲得慢条斯理，娓娓动听，她希望孩子们保持安静，而孩子们完全静了下来。

拉泰克塔布姆是鲨鱼的名字，她重复道，必须记住这个名字，不然你们什么也听不懂。

听到鲨鱼这个名字，孩子们哄堂大笑。有的笑鲨鱼，有的笑女辅导员。

孩子们乱重复一气。他们有节奏地重复着：布姆，布姆，泰勒。泰勒，拉泰克，布姆，布姆，他们说，这是一样的。

那个不作声的孩子听没听年轻女辅导员讲大卫的故事？人们无法知道，不过肯定听了，这是个什么都听的孩子。这天晚上，他有点像第一次听人讲故事。他注视着年轻女辅导员，但那双灰眼睛里什么都没有，他朝年轻女辅导员望，正如朝海鸥、大海望，朝比海滩、大海、风更远的地方望，朝沙子、云彩、喳喳叫的海鸥和被杀死的红色蠕虫望。女辅导员讲大卫的故事，还有那条鲨鱼，它有着无法去说的名字……

大海呈现出泛着乳白的蓝色。没有风带走年轻姑娘讲的大卫的故事。她躺在一块帐篷布上，仰望天空，随便讲着什么，然后笑起来。孩子们也笑了，尽力地听。

大海如此平静，成群的燕子也飞来了，在海滩上方盘旋，灰丝绒的羽毛，姿态优美，好像迷上了孩子们，迷上了孩子们的肉。孩子们呢，这令他们好笑……

鲨鱼责备哭泣的大卫。女辅导员继续讲。他提醒大卫，是它吞下了他的父母，当着它的面哭，这样做是失礼的。

突然间，年轻女辅导员好像睡着了。孩子们叫起来。

“赶快讲这故事，不然就揍你。”孩子们叫道。

岛出现了。女辅导员笑着说。

她忘了，接着又想起来，她说：

可这是一座赤道岛！大卫说。

她又忘记了下文，她说：

“我忘了，”她说，“请原谅。”

孩子们吼起来：

“绝不，绝不。”

于是她还是讲了。孩子们照样地听，但最后

他们发现她讲的不是同一个故事，她已经开始讲的那个故事，他们又嚷起来：

“赶快讲这故事，不然就揍你。”

于是她讲道：

可这是赤道岛，大卫说。

正是。鲨鱼说。

这时她说她什么也不知道了。

然后她睡着了。

这是晴朗但没有太阳的一天的晚上。海滩的年轻女辅导员走在木板路上。她和孩子在一起。他差不多在她身边走。两人走得很慢。她跟他讲着话。她对他说她爱他。说她爱一个孩子。

她告诉他她的年龄，十八岁，以及她的名字。她要求他重复一遍。他重复了名字、年龄。他说约翰娜。他说十八岁。接着他又把约翰娜这个名字重复了一遍。这时他问：约翰娜，姓什么呢……年轻姑娘说：戈德堡，约翰娜·戈德堡。孩子重复了全名。

年轻姑娘问他叫什么名字。

孩子说：

“斯泰奈·撒母耳。”

他冲一个全世界唯独他还记住的形象微笑。

“我的小妹妹，叫斯泰奈·犹滴。”

孩子和她，女辅导员。他们一起走着。两人瘦削，纤细，有同样的身材，同样倦怠的长长的步伐。今天早上他们沿着大海走。两人很像。非常瘦的白种黑人。从天上跌入凡尘。

一种不安的情绪似乎开始在其他女辅导员和童子军女领队中间蔓延。因为两人形影不离。

她在路灯下停下脚步，捧起孩子的脸，凑近灯光看他的眼睛：灰色，她说。然后她放下他的脸，跟他讲话。

她对他说，他一辈子都会记得这八〇年的夏天，他六岁这年的夏天。她要他注视一切。还有星星。还有一长列昂蒂费[1]的油船。一切。她要他今晚好好看看。大海、城市、河流彼岸的那些城市、旋转的灯塔，你好好看看海上各式各样的船，非常漂亮的黑色油船。还有英国的大渡轮，白色的船……所有的渔船，——你看看那边的万家灯火——她要他注意听夜里所有的声音。这是他六岁的夏天。在他的一生中，这个数字再也不会回来。要他牢牢记住伦敦街——只有他和她认识这条街——它是太阳神庙。她对他说，等他十六岁时，可以在今天这个日期来，她将来到海滩上的这个地点，但要晚一个小时，将近午夜时分。他说他不大明白她的话，但他会来的。

她说她会认出他，他应当面对伦敦街等着她。他不会搞错的。

她说：你和我咱们一起做爱。

他说好的。他没说他不明白。

她说：海面将空荡荡的，已是入夜时分，海滩将冷冷清清，众人都在阖家团聚。

他俩朝大海走，直至消失在沙子里，直至目

---

① Antifer，法国勒阿弗尔的石油新港。

送他俩的人心惊胆战。

而这一直延续到他俩返回网球场。

她把他扛在肩上。她唱道，她在清澈的泉水旁歇息，永远，永远不会把他忘记。

他们久久地走着。时间不早了，海滩上空无一人。

他们离开木板路，消失在山里。

他们走后，天还没有完全黑下来。他说他想跟她说点什么。

于是年轻女辅导员又哭了，她对他说这没必要，她知道他想对她说什么，可这没必要，她知道，孤儿院行政部门的人告诉过她。然后她掩住脸哭，接着讲大卫的故事。

其他的孩子，女辅导员们讲故事的时候，他们总过来听。

那么，女辅导员说，这就是赤道岛。拉泰克塔布姆把大卫放在一个海滩上。你这是在源泉岛上了，它对大卫说。大卫问源泉在哪儿。鲨鱼说源泉住在一个大铁笼子里。大卫说谢谢你。大卫向鲨鱼致谢。谢谢，先生，大卫说。不用谢，鲨鱼说，今后你有什么打算？会有的，大卫说，你呢，你有什么打算？没有，和你一样，鲨鱼说。不过它将动身去危地马拉。它问道：有什么别的事可干呢？大卫同意。冬天有一点热的海水，这对慢性支气管炎有好处，鲨鱼说。它盯着大卫看：看他气色那样好，营养那样好，鲨鱼的情绪明显低落，开始以异乎寻常的速度，用夹杂着呼噜、打嗝、难以置信的感叹、牙齿的格格声等等不知什么语言，声音很大地讲起话来。大卫叫它冷静些。好吧，鲨鱼说。于是它冷静了下来。

孩子们呢，他们求年轻姑娘“随便讲”。她说她不会，这很难。

这时鲨鱼和大卫分别了。他们互祝逗留愉快，一路顺风，身体健康，新年好，然后分别了。因为有什么别的事可干呢？

鲨鱼走后，大卫睡着了，然后醒来，然后又睡着了，就这样反反复复了很长时间。后来，有天晚上，大卫遇到了一件事。天空呈现出海上风暴的金色，和夜色一样晦暗——人们来不及明白，刹那间就发生了。

突然，年轻女辅导员不再讲述，她躺在沙子上，说她困了。于是孩子们，他们大声嚷嚷，他们揍她，骂她大坏蛋，她呢，她笑笑。你到底讲不讲，不讲就杀了你。她还笑。她笑着睡着了，他们呢，他们去海里游泳了。只有他，灰眼睛的孩子，留在睡着的她的身旁。

一天早上，天空显出蓝漆色，太阳还在山的后边。孩子从木板路上走过。我望着他。望着他直到他没了踪影。然后我闭上眼睛，以便重新遇到那无边无际的灰色目光。

年轻的女辅导员在木板路上停下来，望着孩子回来。他来了。他注视着她叫他买的明信片，他知道在市场上可以买到最漂亮的明信片。这是她告诉他的。他做了她说的该做的事。

姑娘在明信片上写字。

现在，明信片上写了姑娘的名字，日期，一九八〇年七月三十日，他十年后应该来的日期和钟点，一九九〇年七月三十日，午夜。

明信片上的画是头一天海滩的地点，网球场

路、散步大道和伦敦街的交叉口。那么美，她说，最美的街，她最喜欢的街，美得像面对大海的阳光隧道。

在大海里如同在睡眠中，我看不出这孩子和其他孩子有什么不同。她去找他的时候，我才看见他。我注视着他俩。海处于低潮，太阳硕大，从一个天际去另一个天际，黄得像金子。

此时事情发生了，她去找他，我看见了他。她把他扛在肩上，两人朝海里走，仿佛要一块死。不对。孩子是被她拖到海水里的。他还有点怕，惧怕令他发笑，开怀大笑。

他们从海里出来。她替他擦了身，然后丢下他。她呢，她回到海里。他望着她。她走，走得很远，在退潮时必须走很远才能抵达深海。孩子目不转睛地望着她，她向海里逃跑时，他始终很害怕，但他什么也不说。她躺在海水上走了。几乎没有回转身向孩子送个飞吻。他看不见她了，她头埋在海水里朝深海游。他始终望着她。她身边的海水被风遗忘，她被自身的力气所抛弃，她散发出一个沉睡女子的魅力。

孩子坐了下来。

他始终望着她。

姑娘回来了。她总回来，这姑娘。她总是回来的。然后她问他是否记得她写在明信片上的她的名字。他说出一个姓，一个名。她说对，这是她的名字。

女辅导员睡着了。

孩子盯着这片海滩看，他不大明白这片海滩为什么在这儿，他从来没有见过它。最后他也不想弄明白了，他走近她，女辅导员。她睡了。他轻轻把手放在她的手下面，万一她把他忘了呢。她的手没有动。然后孩子立即也睡着了。

次日，太阳出乎意料地又回来了，它再次出现在完美的天空。下面，大海波平浪静，和天空一样无辜、平滑。人们一眼可以看到勒阿弗尔后面的圣阿德雷斯，甚至昂蒂费。

在黑屋子里我们望着夜的光，夜的透明。你在我的身边。我说：得有个人讲一次昂蒂费的美。讲讲如何既孤单又面对上帝。背依远古时代的峭壁荒凉而光秃，与一个可能的上帝的绝对缺席相契合。

姑娘从海里游泳回来了。她一丝不挂，和孩子一样，现在她赤身裸体地躺在孩子身边。

两人久久不说话，闭着眼睛。

然后她跟孩子讲鲨鱼的故事。

那天晚上，风暴的金色，她，年轻的女辅导员说。大卫听见一个声音，一个活的声音，有人在岛上哭，但不带怒气，他不大清楚，也许有人在哭，也许在睡梦中哭。

大卫寻找，他转过身，看见岛上的动物全躺在金色的阳光下。钻石般的眼睛如同一大群横卧动物身上的窟窿。眼睛齐刷刷注视着大卫。

我是迷途的孩子，大卫叫道，别害怕。

于是动物们走近大卫。

谁在哭？大卫问。

源泉，动物们说。

十分轻柔的哭声随风从海上飘来。

她每天晚上哭。这是一泓哭泣的泉水。她来自一个遥远的国度，叫危地马拉，为了来这里，她横越两大洋和海底的二十二块大陆。

她有七亿年了，一只老野兔说，现在她活够了，她想死，一到夜里，源泉，她就呼唤死神。

大卫没有回答。

她是为此而哭，你明白吧，一头幼豹说。

该设身处地替她想想，一只小灰猴说。

好像她在听，大卫说。

有人在呼唤，听……是源泉，我们大家的母亲，我们伟大的大洋侨民。北半球的大赤道源泉，小白猴说。

全体动物都在听。大卫也在听。

谁到岛上来了？源泉细声细气地问。

一个孩子，亚洲小水牛说。

啊！一个小人儿……

正是。

他有手吗，这孩子？源泉又问。

有，动物们齐声回答，至少有两只，好像……

大卫伸出手给动物们和源泉看。

他捡起一块石头，动物们说。

他把石头抛向空中。

他接住石头。

那么，是他，口琴，今晚？源泉问道。

今晚，是他，动物们说。他们为源泉高兴。其他日子，动物们，它们不知道小大卫是谁，而今晚，正是他，口琴。

感谢上帝，源泉说，愿上帝保佑小大卫。

对，动物们重复道。

源泉用神奇难懂的话念了一段祷文。动物们按各自的讲话方式回答，发出一片全然意想不到的噪音。

然后：杀人，他会吗，这孩子？源泉虚伪地问。

不会，动物们说。接着，动物们等着，他们待在那儿，以便阻止源泉想各种办法去死。

不，动物们说，不，不……孩子，他什么都不杀。什么都不。

源泉不作声，一直缄默无语。然后，突然间，在夜晚的寂静中响起哗哗的流水声。

她从大西洋蓄水池出来了，动物们说。

源泉现身了。

姑娘说，源泉是一个人，同时也是一座水山，玻璃状的好似翡翠。她没有胳膊，没有脸，失明，走路纹丝不动，以免弄皱一身衣服上的水褶。

她寻找大卫的手，源泉，她说。

夕阳进入她已死的眼睛，接着天黑了。

大卫，大卫，她，失明的源泉呼喊着。

她找大卫去死。孩子环顾四周。

她哭了。大卫，大卫，她叫道。

于是大卫做了下面的事：大卫掏出口琴，吹

奏了一支十分古老的危地马拉波尔卡舞曲。

于是……于是……好好听着……源泉停止叫喊，目瞪口呆，然后踏着年轻人的十分舒缓的舞步，带着女童的优雅姿态，跳起了她的故乡危地马拉那缓慢又如此轻柔的波尔卡舞。

她一直跳到黎明时分，年轻女辅导员说，当白昼来临，她边睡边舞。于是岛上的动物们慢慢地把她带回大西洋蓄水池黑暗的洞窟。他们用亲吻温暖她影子似的身体，这些吻靠对生命的遗忘使她复生。

年轻女辅导员不说话了。灰眼睛的孩子在她身边躺下睡着了。他把两手放在姑娘年轻的乳房上。她没有动，听任他这样做。在衣裙下他找到了乳房。他的手被海风吹得冰凉。他惊叹不已。他使劲捏乳房，捏得很疼，他无法放手，无法忘记，当她把他的手移开乳房时，眼里流了泪。

人们相互说着与下午以及来临的夜毫不相干

的事，但这些事关系到上帝，关系到他无处不在的缺席，如同在未来的茫茫无际前那如此年轻的姑娘的乳房。

卡拉斯最后一次咏唱她的绝望，卡普里冲过来把她杀死。诺尔玛一被谋杀，这就结束了，卡普里的嚎叫响彻海滩、国家、城市、大洋，世界末日辉煌的存在已被证实。

一九八〇年八月。

我身边，这片海滩人满为患，地球绕着太阳公转。

一九八〇年八月。格但斯克。

格但斯克港。对全世界而言，它变成了因贫穷和孤单而遭受侵略的人民痛苦的代名词。

格但斯克和孩子一样令人颤抖。和这孩子一样孤单。成了俘虏。被中日耳曼经常猖獗的法西斯主义扼死了。

孩子随夏令营一起经过。他望望身后，又望望海。

姑娘，她来晚了，她带来了早餐。她与孩子会合，用手搂住他的脖子。她跟他讲话。他走着，朝她微微仰起头，注意听她讲，不时露出笑容。他和她一样微笑。她因为格但斯克而高兴，她说。他呢，他对格但斯克一无所知，但他也高兴。

她讲述鲨鱼对大卫的拜访。一次它带着美国口音来，另一次带着西班牙口音，还有一次带着特怪的口音，打喷嚏、擤鼻涕、嚎叫的口音，只得忍受它。孩子笑了。开怀大笑。他笑的时候，姑娘就停止讲述。然后再接着讲。她说有一次它戴了一顶鸭舌帽来，是它去听一场纽约的摇滚音乐会时在阴沟里拣到的。人们甚至不知道音乐会在哪儿举办，它听到的那份喧闹是否真是一场音乐会。但是鲨鱼就是鲨鱼，毫无办法，它蠢得很，女辅导员说。愚蠢。

孩子问鲨鱼将在纽约做什么。

年轻女辅导员说，鲨鱼为鲱鱼群维持治安，它去纽约港和曼德勒港盯渔民的梢，然后给鲱鱼送情报。这样做糟透了，姑娘说，但生活就是这样。孩子好像没怎么听懂。

接着她说，有一天鲨鱼回到岛上，要求大卫来，想给他看马尾藻海的牧场，那儿从来没有风，没有浪，只有轻柔的涌浪。永远不冷。有时大海因为一条乳房受伤的母鲸的奶水变成白色，大家在乳房流出的奶海里游泳，喝奶，在温热的奶里翻滚。这是无法言说的幸福。

来吧大卫。来吧。大卫。

最后大卫来了。

于是鲨鱼哭了，大卫不明白为什么。

岛上所有的动物都来到大卫身边，开始晚上的梳妆打扮，舔着从此成为它们孩子的大卫。

但鲨鱼想的是去沙滩把大卫偷走。这是抵御不了的。有我们在，别怕，动物们对大卫说。

大卫对鲨鱼说：瞧，又来了，谁也不明白你要什么。

鲨鱼，它哭了，又叫又嚷，说这不是它

的错。

于是大卫和鲨鱼为了鲨鱼们如此不公正的境遇一起哭。

这时灯火通明，空中突然响起液体的雷声，伟大的大洋侨民缓缓走出大西洋蓄水池看夕阳西下。

一直失明又一直如此美丽的源泉，问是谁痛得叫唤，说这很失礼，大西洋蓄水池里吵得听不见对方的话了。

这时全体动物齐声说：是想吃大卫的鲨鱼。于是大卫明白了，他为鲨鱼难过。

岛上全是痴子，伟大侨民用法语说。

孩子问源泉是否每晚跳舞。年轻女辅导员说是的，每晚一直跳到夜色降临，并不总按拍子跳，也并不总跳危地马拉的波尔卡舞，有时跳卡洛斯·达莱西奥的探戈。有时也跳缓慢的葬礼帕萨卡里亚舞，这儿无人能肯定谁是该舞的作者，据某些人说，大概是位德国的老管风琴演奏家。

孩子问大卫在岛上待了多久。姑娘说两年，但她也不能肯定。

她问他是否想知道故事的结局。他做了个否定的手势，他不想知道。他不再说话，哭了。他不愿意源泉或者鲨鱼死。大卫呢？女辅导员问。他说：也不愿意大卫死。

接着姑娘又向孩子提了一个问题，问他更喜欢大卫怎样做：杀死源泉还是让她活着。

孩子望着海和沙，但视而不见。他犹豫不决，然后说：杀死源泉。

接着孩子问：你呢？她说她，她不知道。但也许和他一样，杀死她。

她说人们不知道为何希望源泉死。

孩子说真的，人们不知道。

玻璃窗外，天突然黑了。夜在不知不觉中到来，天色已十分昏暗。人们思考着孩子和大海的野蛮，思考着所有这些极其相似的差异。

姑娘说过去人们总写世界的末日和爱情的死亡。她看出孩子没有听懂。两人为此笑了，大声地笑。他说这不是真的，是写在纸上的。他们笑了。于是她说，孩子，他懂了。他们笑了。她还说，如果没有大海，没有爱情，谁也不会写书。

夏令营度过了夏天。那儿有灰眼睛的孩子。在他身边，总有她，那个年轻姑娘。大家唱了歌，除了他俩，孩子和她，夏令营的女职员，那位孤独的姑娘。

你知道，他们又去了防波堤的另一侧。朝黏土山和黑木桩的一侧。在那儿，她为孩子唱道，在清泉边她反反复复地散步，她唱了这个。她说，从朗布依埃经过的非犹太裔流放犯们也唱这首歌。他问流放犯们是谁。

她说：是法国人。后来犹太裔流放犯临死前也唱了清泉这首歌。

然后她很长时间没有说话。

后来她说这是些犹太人。

海水正在退潮，姑娘跟孩子讲最近读的一本书，它依然烧灼着她的心，令她欲罢不能。书中讲的是没有引起死亡但等待死亡的爱情，它比肉欲的爱强烈无数倍。

姑娘告诉孩子，她对他讲的话，他有些听不明白，正如她注视他时，对自己也有些不理解。她告诉他她爱他。她说：

“我爱你甚过一切。”

孩子哭了。

姑娘没有问他为什么。

接着孩子又问起犹太人的事。姑娘不知道。

跟第一天一样，大海用愤怒的滚滚白色浪涛冲击着海滩，它给海滩带回浪涛，如同它将带回昔日的爱情。或者直至地球生存的万世之末也永不会被遗忘的、德国焚尸炉中被烧焦的犹太人的骨灰。

灰眼睛的孩子在这儿。姑娘也在这儿。形同陌路。

他们望着海，避免互望。试图永不互望。不再互相讲话。

正当他们望着别的东西时，孩子哭了。

我把他们从海边，从风中领回来，就像我对你做的那样，我把他们关在超越时间的迷失的黑房间里。我称作犹太屋的黑房间。我的房间。也是扬·安德烈亚·斯泰奈的房间。

孩子，他哭了很久。姑娘听任他哭。他把她，那姑娘忘记了。

后来姑娘问：

“你想起什么了……”

孩子说：没什么。然后他闭口不语。然后他清清楚楚地说，他的小妹妹，德国兵，他朝她头上开枪，她的头，炸开了花。孩子没有哭。他尽力回忆，他记起来了。他讲到处是血。狗也被德国兵杀了，因为它朝他扑过去。狗叫得厉害。他说他还记得。

她，小妹妹的年龄，两岁。孩子，他记不得别的。

他住了口。他望着她，面色发白。他怕说出他隐瞒的事。他说他不记得了。

她一声不吭。又望着他。她说：

“的确，什么也记不得了。”

他不开口。然后他说：

“我母亲，她喊起来，她叫我逃，赶快，立即从公路走，永远，永远别向任何人讲犹滴的事。”

孩子突然住了口。仿佛失去了理智。仿佛突然间惧怕又变成了法则，仿佛突然间他开始怕她，怕这个姑娘。

她久久地望着他，然后对他说：

“你必须讲这个，不然你和我会死的。”

孩子听不懂。她看了出来。她说，不如此，这会再次发生。

孩子又看看她，露出了笑容。他说：你是说

着玩的……

她冲孩子嫣然一笑。他问她：

“你，你也是犹太人？”

她回答说她也是犹太人。

孩子从未见过如此猛烈的风暴，他一定很害怕。于是姑娘把他抱在怀里，两人一起进入海浪的泡沫。

孩子吓得心惊肉跳。他忘记了姑娘。

正是在这忘却中，姑娘看见了孩子明亮清澈的灰眼睛。她闭上了自己的眼睛，忍住不进入更深的泡沫中，她其实很想这样做，以便把他们这两个犹太人也杀死。

孩子一直注视着浪涛，浪涛的一来一去。他的身体不再轻微地颤抖。

姑娘转过脸去不看海，亲吻着孩子的头发，头发散发出海风的气味，她哭了，这天晚上孩子知道了缘由。

她问孩子冷不冷，他说不冷。问他还怕不

怕，他说不怕，他撒了谎。他改口了，说夜里有时候怕。

孩子问她能不能走得更远，走到波浪被拍碎的地方。她说如果她这样做，大海的力量很可能把他俩分开，把他卷走。孩子以为她说笑话，笑了。

她问他父母的事。孩子不知道他们葬在何处。他们吞了药丸，母亲总跟他说他们会吞药丸的。她把他放在门口，然后他们可能立即就死了。

他见过他们的尸体吗？

没有。只见过小妹妹和狗。

德国兵，他见过吗？

没有。他走后，公路上有德国兵乘车经过。

姑娘不出声地哭得很厉害。他望着她。心中诧异。他什么也没说。

“后来你怎样了？你记得什么？”

“我是从公路走的。在一块田里有几匹马和一位妇人，她听见了枪声。她叫我，给了我面包和牛奶。我留在了她家，但她怕德国人，于是把我藏了起来。”

后来她还是害怕，于是把我送进了儿童救济院。

“一直在那儿？”

“我想是的。星期天我们到森林去。这我记得。”

“从不去海边？”

“从不。这是第一次。”

她说：

“你在儿童救济院过得好吗？”

他说是的，过得好。他哭了。他还说，这一次喊着说：那个德国兵，他朝我妹妹开枪时，狗扑到他身上，士兵，他把狗也杀了。

两人又互相望了望。他说：

我清楚地记得狗的叫声。

接着孩子不再注视任何东西。他注视虚空。

他说母亲对他说过他们是犹太人。而德国人，他们杀犹太人，全体犹太人。他们，德国人，希望从此再也没有一个犹太人。

孩子迟疑片刻，然后问情况是否依然如此，德国人，他们是否继续在谋杀。

姑娘说不。他望着她。她不知道他是否相信她的话。

后来他们朝北方，朝港口码头前塞纳河小海湾的沼泽草甸走。

他们穿过退潮后露出的沙滩，朝着航道，走到黑木桩那边。此地的海滩低洼处尽是淤泥，姑娘又抱起了孩子。

他们穿过海湾的大片沙滩。越朝前走，木桩越高。

后来姑娘把孩子放下，两人来到塞纳河的最后一个沙洲。她说，河继续流向大海，然后消失得无踪无影。她叫他看看水的颜色，绿还是蓝。

孩子看了。

姑娘躺在沙滩上，闭上了眼睛。

于是孩子到附近拣贝壳的人们那儿去。孩子走后她哭了。

他呢，他不时回到她身边来。

他回来注视她的时候，姑娘知道。

他又去渔民那儿，然后再回来的时候，她也知道。

他给她渔民剩下的东西，小灰螃蟹，虾，空蚶子。姑娘把它们扔进最高的黑木桩脚下的水坑里。

后来海水慢慢泛出绿色的珠光。

后来昂蒂费的长列油船颜色变得更深。

后来海水开始涌入塞纳河。海水和塞纳河水泾渭分明，如同一本易懂的书那样清清楚楚。

孩子和姑娘回来了。他紧贴着她，两人久久四目相对。尤其她。好像突然成了陌生人。

她对他说：你是灰眼睛的孩子，你就是这

个。孩子看出他不在时她哭过。孩子说他不喜欢她哭。他知道这是因为他的小妹妹，但他有时候忍不住要谈马利亚。她问他马利亚眼睛的颜色。他记不得了。绿的，他想，他母亲说过。

光阴荏苒，已近秋季。但夏末尚未到来。

天突然冷了。

姑娘抱起孩子，把他紧紧搂在怀里，亲吻他的身体。于是孩子说，有时候在夜里，他梦见自己还在为这个小妹妹和狗哭泣。

孩子朝航道望，也许他害怕，因为大片的沙滩上现在只有他俩。姑娘对孩子说不该再害怕。她把他放到地上，孩子不再害怕，他们在来时走过的路上走，海水涨潮时被淹没的荒地之间的路上走。

这时姑娘跟孩子谈话。她对他说，她更喜欢他和她之间现在这个样子。

她更喜欢这故事到此为止，哪怕孩子不懂她

的话，她更喜欢这故事在这个欲望上打住，哪怕这可能导致她自杀。不是真的死，你明白，是死去的死，不觉得疼，不伤心，不受惩罚，什么也没有。

她说：但愿这完全不可能。

她说：但愿这完全没有希望。

她说如果他更大一些，他们的故事会令他们分手，她甚至无法想象这样的事，他和她目前这个样子很好。她补充说，如果她的话他不全懂，这没关系。孩子哭了。他毫无理由地哭，仿佛对小妹妹的谋杀从未停止，谋杀继续在地球蔓延，慢慢蔓延到整个地球。

她还对他说，她知道他还无法听懂她对他说的话，但她不知道他竟然会保持沉默。

孩子倾听一切。这孩子，他什么都听。

他走着，有时望望她，久久地，仿佛头一次见到她。

开始他什么也没对姑娘说。什么也没说。

后来他说他累了，她又把他抱起来。当他被

抱在怀里的时候，他久久望着她的脸，带着她从未见过的严肃神情，突然间低声对她说，好像别人能听见似的，他对她说，如果她不带他走，他就投海自尽，其他孩子告诉过他如何在海里寻死，现在他知道怎样做。

正是此时姑娘答应无论如何将带他一起走，她向他发誓，永远永远不丢下他，永远永远不忘记他。

终局开场了。

南郊的营员到了。他们在客车四周等，司机们看管着他们。

南郊夏令营的女主管朝山坡上望。

她说：应该叫警察来。孩子没回来。女辅导员也没回来。

应该叫。

从图克喇叭形河口湾那边传来第一阵警笛声。好似沿公路那些小工厂的下工号。

姑娘躺在灌木丛后面。孩子过来紧挨着她，仿佛想丢失在、消失在她的身体里。孩子不知道。孩子，他令人害怕。他叫道：

“我将和你在一起。”

响起第二阵警笛声，更舒缓，更柔和。她说：

“走吧，我跟着你。”

于是孩子站起来，四下张望。他远远望着空荡荡的网球场、关闭的别墅，她呢，无力地躺着，默不作声。他望着远处南郊的客车，箱式运货卡车。孩子见到这些，便朝山冈望。一切都很平静。一切都很清楚。孩子，他应该已经知道如何做才能永不回来。

又一阵警笛声，这一次更长，更响，消失在海里。姑娘低声叫道：

“现在走吧。我恳求你，走。”

孩子再一次望望这个夏季的大沙漠和她，这位陌生人。

他说：

“和我一起走。”

她说不，不行。她等等再去找他，但她会去的。今夜，她说，或者明天，或者更晚，但不是今晚。她说今晚她不敢这样做。她说必须等等。他按她的要求做了。他慢慢离开那个地点，开始走。随后他朝山冈的方向走。

她没有看着他离开。她依然唱着她在清泉边歇息。

她摊手摊脚地躺着休息，闭着眼睛。在肆无忌惮的幸福中唱着歌。

她一唱歌，孩子就不怕了。

他们四目相对，突然笑了，好像欢乐一闪而过。孩子明白了：现在她绝不会忘记他，永远不会忘记他，对犹太人犯下的罪行，在得悉他和她的故事后从地球上消失了。

在黑房间里，时间突然缩短了。这是在晚上。

她对他说，无论她去哪儿都将带上他。今夜她将找到他，他应该一直走到森林，过了森林，他应该在为外国旅游者标了白色记号的小径上继续前进。

我记起来了。

这是在故事开始的时候。然而我回想起来了。

她问他：你最爱什么。

他努力弄明白这个问题，然后问她，她最爱什么，她回答：

"跟你一样，大海。"

他说一样：大海。

我不再知道孩子内与外的区别，他周围的事物与维持他生命的事物之间，与把他和这生命分开，和这混乱的生命分开的事物等等之间的区别。

然后我回来谈那孩子身体的脆弱，那些暂时

的不同，他的心脏轻微的跳动，单单这些就述说着他的生命，每一天，每一夜，这生命朝着注定只留给它的未知前行。

我不再知道格但斯克的人与教士们有何不同。维尔纳成千上万饿死的孩子与年轻神甫耶尔齐·波皮耶卢什科[1]有何不同。

还有东方的坟墓与葬于乌克兰和西里西亚土地上的诗歌有何不同，阿富汗土地上死一般的寂静与这同一个上帝深不可测的恶意有何不同。

我不再知道任何事。任何事。任何地方。除了真理中的真理，谎言中的谎言。我再也分不清讲话与哭泣。我只知道孩子在森林小径上前行。

他朝前走。独自一人。他继续朝前走。

继续。年轻女辅导员站起身，朝树木间张望，她看见了他的红毛衣。她低声喊出一个词

---

① Jerzy Popieluszko，波兰团结工会的布道神甫，一九八四年十月十九日被杀害。

儿，孩子听出来了，也喊了。一个写不出来，但一万年来，十万年来——人们不清楚——只在犹太人之间讲的词儿。

我把嘴贴在格但斯克上，我拥吻这个犹太孩子和那些死于维尔纳犹太人区的孩子。用身心拥吻他们。

你说：在黑房间里咱们谈了什么？什么？

我跟你一样，说不知道谈了什么。

大概谈了夏天发生的事，雨，饥饿。

不公正。

还有死亡。

恶劣的天气，八月份度过的燥热的夜，墙壁清凉的阴影，

那些滥施欲望的残忍的姑娘，

那些没有尽头如今已被谋杀的旅馆，

那些阴暗凉快的走廊，那些在里面写了那么多本书，做了那么多次爱，如今已被遗弃的

房间，

那位住在卡堡、和孩子一样的犹太人，作品和心灵都是犹太人的，

那些悠长的夜晚，你记得吗，那两个坏姑娘在他面前跳舞，他呢，饱受欲望的煎熬，几乎丧命，坐在带海景的大客厅的长沙发上哭，

为有一天为此而死的希望欣喜若狂。一次，

谈莫扎特和北极湖泊子夜的蓝色，

在雪和薄冰的赌场里歌咏声中的子夜的蓝光，为之颤抖的心。是的，咏唱莫扎特曲子的嗓子和被谋杀的犹太人，

你无所事事的那种样子，我等你到海滩来的样子。为了看。看你笑眯眯的眼睛，一看再看，日甚一日，

你面朝屋外、散落的大陆、各大洋、不幸和快乐坐在沙发上等待的那种姿态，

还有那孩子。他的永恒。

我们谈到波兰。一个未来的、燃烧着希望和

上帝理念的波兰，

孩子给年轻女辅导员带回来的明信片，

又谈到波兰，我们所有人的祖国，维尔纳半死不活的人和犹太孩子的祖国，

还有美得出奇、光滑、纯得毫无细节、和目光一样赤裸裸的伦敦街。

孩子在走。朝前走。我们再也看不见他了。

我们彼此分开站着。

闭上眼睛。朝山冈的方向闭上眼睛。

你为我看。

你说第一批营员的客车开上了国道。下雨了，仍是夏日轻盈温热的雨。

你说：孩子走过了山冈。你喊道：他去哪儿呀？

你说：她没有转身。我明白了：她随他去做。开辟道路的是他。她沿他指出的路走，她完全放手让他去做，正如她将听凭命运的摆布。

我问你，你是否希望永远见不到他们，永远

找不到他们的足迹和踪影。

你不回答。

你说：孩子还在往前走。

我说孩子绝不会死。我发誓。我哭，我喊，我担保他会活着。

你说他正在消失，正在藏匿，她，她看不到他了。

你说好了，他消失了，但不是去死，绝不会去死，绝不，绝不。你吓得叫起来。

我大喊我爱你。你听不见。你一直因为惧怕和希望大喊大叫。

你说现在，哪怕她愿意，也无法见到他了。我说：也无法自杀了。

你说孩子，人们又见到他了，他上了山，藏在树林里，没有到客车那儿去。他一定犹豫过，后来下了决心：他没有到客车那儿去。下雨了。

你说他永远不会到客车那儿去，一辈子也不会，我们幸福地哭了。

他照她的要求做了。

你说：头天夜里她已经向他解释过如何朝面向停车场的那座山冈走。他毫不遮掩地顺着客车停车场走。有些卡车司机看到了他，朝他送飞吻，但没有注视垂下眼睛朝大海那边望的孩子。于是孩子又担起心来，他加快了脚步，然后冲卡车司机们微笑。

突然，光线暗下来，时间也缩短了，暮色骤然蔓及森林和大海。

孩子在走。

他没有等她。他知道她会来。

他朝前走。

她已经站起来开始走了，远远的在他后面。然后她又开始跟着他走。她抵达了山冈。

姑娘不时离他很近。他听见她的脚步声，他露出笑容，同时流下狂喜的泪水。

在昏暗的房间里，我们分开站着。

闭上眼睛。望着他们，看见他们。为他们的幸福流泪。

无法分享这份快乐。不愿意，我们。只能为快乐哭泣。

你继续给我讲他们在山冈上的方位。

你说：他大概抵达了山冈的另一侧。她在他后面，离得很近。你说：他们处于心惊胆战的幸福中。

你说：他头也不回。她还不愿意与他会合。她的脸色和白垩一样白。她害怕。但她笑了。她那样年轻，同时好像已经死了。这个她知道。

我问你是否曾希望在某座城市的街头与他们重逢，哪怕一次，谁说得准呢?

你说对，你曾希望过，你还从未如此希望过其他的事。

你说：他们正在离开我们。

你说：已经离开了。

你说：现在，哪怕她愿意，也无法留在这座

山冈上，天一黑她就会被抓起来。她必须跟孩子走。

为他，那孩子，现在她用极低的声音唱道：她在清泉边歇息，永远永远不会把他忘记，永远不与他分离。永远，永远，永远。

我们回到了黑岩旅馆。

我们来到阳台上。什么也不说。只是哭。一直哭。

南郊夏令营的人在傍晚时到了，天还亮着。给新来的孩子们点了名。同样的名字回来了。其中有撒母耳。

于是我又哭了。

后来，你再也没提起过那孩子和女辅导员。你谈到了那个女子，泰奥朵拉·卡茨。你仍然问我为什么不再写她。

你想明白我的理由，只想明白这个。

我说我谈论过她，直到在瑞士阿尔卑斯山发现了那座旅馆。在那儿，书不再往下写了。

对一本书而言太多了，泰奥朵拉。太多。

你说：太少，也许。

也许不是一本书，泰奥朵拉。

也许太多，这白色，这份耐心，这默默无闻、解释不清的等待，太多，这种漠然。写作随她的名字戛然而止。单单她的名字就写尽了泰奥朵拉·卡茨。它已经讲得明明白白。这名字。

还有衣裙的白，她皮肤的白。

也许这是件仍然不为人知的事，泰奥朵拉·卡茨，是写作的又一次沉默，妇女和犹太人的沉默。

Marguerite Duras
Yann Andréa Steiner

Simplified Chinese edition arranged through Dakai-L'agence.

图字：09－2006－309 号

图书在版编目(CIP)数据

扬·安德烈亚·斯泰奈／(法)玛格丽特·杜拉斯(Marguerite Duras)著；王文融译. -- 上海：上海译文出版社，2025. 8. -- ISBN 978-7-5327-9957-2

Ⅰ. I565. 45

中国国家版本馆 CIP 数据核字第 2025FS4145 号

扬·安德烈亚·斯泰奈 Yann Andréa Steiner
玛格丽特·杜拉斯 著
王文融 译
责任编辑 缪伶超
装帧设计 汐和 at compus studio
封面插画 boho

上海译文出版社有限公司出版、发行
网址：www. yiwen. com. cn
201101 上海市闵行区号景路 159 弄 B 座
山东韵杰文化科技有限公司印刷

开本 890×1240 1/64 印张 1.75 插页 6 字数 28,000
2025 年 8 月第 1 版 2025 年 8 月第 1 次印刷

ISBN 978－7－5327－9957－2
定价：45.00 元